혼자 너스레를 떨었거든

전종주

1960년 고흥에서 태어나고 자랐다. 광주숭일고등학교와 공주사범대학
국어교육과를 졸업하고 1983년 국어 교사가 되었다. 이후 전남대학교 교
육대학원에서 국어교육을 공부하고, 1995년 월간 《한국시》 신인상에 당
선되어 등단했다. 전남문인협회와 순천문인협회 회원이며 순천문학 동
인으로 작품 활동을 하고 있다. 지금은 순천팔마중학교 교장으로 재직하
고 있다.

threejei@naver.com

혼자 너스레를 떨었거든

—

초판 1쇄 2021년 12월 24일
지은이 전종주
펴낸이 김영재
펴낸곳 책만드는집

—

주소 서울 마포구 양화로 3길 99, 4층 (04022)
전화 3142-1585·6
팩스 336-8908
전자우편 chaekjip@naver.com
출판등록 1994년 1월 13일 제10-927호
ⓒ 전종주, 2021

—

—

ISBN 978-89-7944-784-2 (04810)
ISBN 978-89-7944-354-7 (세트)

책 만 드 는 집   시 인 선 187

혼자 너스레를 떨었거든

전종주 시집

책만드는집

섬은
가슴속을 흐르는
아름다운 이야기를
꼭꼭 여미며
살게 한다.

그동안
써 모아온 글들을
나만의 작은 섬에
차곡차곡 쌓아두었다가
첫 시집을 펴낸다.

고마운 이들의 얼굴을
마음에 새기며,
읽는 이들의 마음이
한층 더
따뜻해졌으면 좋겠다.

2021년 겨울, 순천만에서
전종주

| 차례 |

2부 달이
     반달로 떴으면 좋겠습니다

3부   그대 없는 빈자리에 앉아 있었다

4부   겨울밤은 어두운 응달이어서 좋다

5부 사람이 그리운 날에 파랑주의보는 내린다

1부

가슴 콩닥콩닥 뛰는 것을
아는지 몰라

너스레

엊그제
뒤뜰의 왕벚나무
꽃잎이 하롱하롱 지더라고
연약한 바람에도
견디지 못하고
황망히 부서지는 꽃잎을 보고
사는 게 부질없는 것이라고
혼자 너스레를 떨었거든
그런디
오늘 아침에 보니
시리도록 파란
나뭇잎 사이로
터질 것만 같은
붉은 가슴을 하고
어느새
버찌가 달려 있는 거여
허허, 참

홍시를 보며

토담 무너진
원시原始처럼 숨 쉬는 골목마다
멧방석 둥글게
가을 데우는
내 살던 아름다운 동네 어귀에서
오래 서성이다
별 같은 자오선을 보고
5학년짜리 눈동자로
너를 사랑했드니라
눈동자에 살아 있는 덩그런 영급 덩이
붉은 햇살 조각을
함초롬히 바라보노라면
쩡
천애天涯의 미련에
눈시울이 더워와도
온통 피어오른

그 수줍음이 더 좋아
그냥 지나쳐 오게 되는
사랑의 힘으로
내 너를 사랑했드니라

정월 대보름 점경點景

사방을 둘러싼 돌담의 한 귀퉁이
뾰로통한 달이란 놈이
두루뭉수리
얼굴에 와 닿고
동구 밖 늙은 사장나무 통통한 허리통에
금禁줄을 둘렀을 때
동네 머슴애들은 바지를 흔들었다

열매 따낸 피마자 마른 올대와
아버님 하늘 찢던 도리깨 맞은 콩대 몸뚱어리,
주렁주렁 열려 밥상 다리 휘게 했던
비쩍 마른 가지나무
쿵쿵 져다 부리듯
다구지게 쌓아놓고
가랫불을 피운다

16

넘자, 우리들의 살이 타고
연기 속에 박힌 거무데데한 겁살劫煞
강을 건너간다
또 넘자, 그냥 있을 수 없어
한 번, 두 번, 세 번……
가랫밥을 퍼내듯 나이를 퍼내면
횃대에 처진 바지가 조금씩 일렁인다

들판 멀리멀리에도
작신작신 불갈퀴가 날고
수많은 불 떼들이 한 꾸리로
봇물 터지듯 터져 내리는
불꽃의 아우성을 보며
바람맞이에 서서
시무룩한 나를 본다

내일을 가불해 쓰고
돌아와서 어둡는
나의 심방心房에
살며시 쏟아진 보름달 빛 한 움큼
지금도
그쩍 해으름 녘
바램으로 나는 있다

삐비꽃 전설

소 풀 뜯기러 갔다가 우리가 하는 일은 저수지의
물 퍼내는 일이었다 눈을 부라리는 소도 꼴망태도
팽개쳐 두고 검정 고무신으로 물 퍼내는 일이었다
종일 퍼내고 해 질 녘 고삐 잡고 내려오면 어느덧 물
안개 저수지 가득 피어올라 있었다 그래도 우리는
날마다 저수지의 물을 퍼내고 또 퍼냈다

물고기
파닥거리는 몸부림
은빛 비린내
방죽의 삐비꽃으로 피었다

지리산 봄소식

산수유꽃 좋다는
산동에 갔더니
서성이는 바람
대지는 애틋한 사춘기

일몰도 아직 멀었는데
컴컴해지는 한낮
나는 꽃 대신
일식日蝕을 보았다

부푼 달 떠오르는 밤
나무는 달을 잉태하고
저 혼자 해산을 하면서
핼쑥해진 나신裸身

예니레 지나

달빛 홍건한 밤이면
필시, 산수유꽃
노랗게 피어오겠다

산새 소리 그리기

지희야, 산새 소리를 그리려면 먼저 하얀 도화지에 새의 집을 그려야 해 새의 집은 단순하게 그리되 문을 열어놓아야 한단다 산새의 취향을 잘 모르면 먹이까지 그려 넣는 것은 생략해도 좋아 그런 다음 산새가 살고 있는 가까운 봉화산에 찾아가 숲속에 그 그림을 나무에 세워둬 그러곤 나무 뒤에 숨어서 움직이지도 말고 침묵으로 산새만 생각하며 기다려봐 산새가 빨리 올 수도 있지만 아주 오래오래 기다려야 할 수도 있단다 그래도 실망하지 말고 기다려야 해 하지만 지희야, 새가 빨리 오고 늦게 오는 것은 창이 크거나 작은 것과는 무관한 일이야 마침내 산새가 들어가면 가만히 문을 닫고 산새가 다치지 않게 조심조심 하나씩 지워봐 그리고 새장 주변에 푸른 잎들과 신선한 바람도 그려 넣도록 해 햇빛도 그려 넣는 건 잊지 말아야 해 그렇게 산새를 그리고 나면 그 산새가 곱고 붉은 소리를 내며 너를 기쁘게 해줄

거야 마지막으로 그림 한 귀퉁이에 너의 이름을 조심스럽게 써 넣도록 해 이렇게 산새 소릴 듣기 위해 온 정성을 쏟아야 한다는 걸 알고 나면 너의 일상도 늘 한 폭의 그림같이 아름다울 거야

홍매

햇살 쏟아져
미지근하게 데워진 봄날
잘려 나간 둥치 끝에서
잎새도 없이 막
눈 틔우는 그대
쪼그리고 앉아
다소곳이 마주하노라면
맑디맑던 내 피
선홍鮮紅으로 끈적이며
가슴 콩닥콩닥 뛰는 것을
그대,
아는지 몰라

Red plum blossoms

Basked in the sunshine
on one lukewarm spring day
from the edge of cut tree trunk
without any leaves just
you are sprouting just now.

Facing you modestly on hunkers
I wonder whether you know that
my ever so waterly blood,
now being changed to sticky cerise pink
and my heart is pounding.

연기 煙氣

퇴근길에 우연히 고개 드니 조곡동 순천주조 공장
커다란 굴뚝에서 하이얀 연기가 위로 위로 죽어가고
있었다

꽃잎도, 풀잎도, 나뭇잎도 죽을 때가 되면 아래로
고갤 떨구고 떨어질 준비를 하는데 그놈은 죽을 때
가 되어 고갤 들고 날아오를 준비를 한다

항상 팔팔 살아 있는 희망도 다다르지 못할 벼랑이
라면 바다의 심연으로 떨어져 버리는데 그놈은 죽어
서도 꿈을 안고 날아오른다 크나큰 기쁨으로 날아오
른다

개망초

바람만 가득한
논배미에서
노총각 종삼이
거친 땀범벅으로
모판 만들다 말고
만삭인 동네 새댁
그윽한 눈길로 훔쳐보다가
얼굴 붉히며,
보리 익어가는 두렁
한 번 보고는
곧게 서서
죄 없는
개망초만 꺾는
오후

망할 놈의 개망초가
무던히도 피었다

대추

광목에 물들인 보자기에
책 몇 권 허리에 질근 매고서
어릴 적 모습으로
우린 찻집에 앉았다
사는 모습 다르듯
주문한 차도 가지가지
상주에서 들여와 맛이 좋다는
대추차를 마시자는데
유독 한 녀석 그건
안 마시겠단다
때글때글 야무지게 생겨서
어릴 적 별명 대추였던 녀석
지금도 필통 속엔 딸랑
몽당연필 한 자루 지니고 살아도
동의보감 대추로 사는 모습 좋드라
탱글탱글 사는 그 모습 참 좋드라

혜인이

저기, 보았던 낮달
뽀얀 얼굴 닮았고
여기, 나부끼는 단풍
혜인이의
홍조 띤 두 뺨 닮았다

늘 투명하게 자길 가두고 사는
도움반 혜인이는
잘 닦인 유리창에 콧등을 대고
까치발로 서서
넌지시 세상을 바라본다

그가 쓴 시 외진 여백에는
실핏줄 타고 스며오는
그리움이 있다
맑디맑은 세상이
독경처럼 흐른다

야간자율학습

우리는 공부하고 있어요
꽃보다 더운 피가
펑펑 도는 가슴
그 내력의 꽃만큼이나
뜨거운 숨결을 내쉬며
우리는 책을 보고 있어요
공부하고 있어요
그래도
희끗 터진 살 사이로
죽어 있는 이야기의 속살을
우리는 알고 있어요
또렷또렷 빛나는
우리의 유리알 같은 사랑이
돌아옴도 마침표도 없는
아, 슬픔으로 죽어 있어요
꽃의 심장이 활활 타오르고

붉은 선지피를 내뿜으며
지금 우리는 살아가고 있어요
사라지고 있어요
우리는, 지금
공부하고 있어요

장미화

이차방정식은 잘 못 풀지만
꿈이 현모양처인
우리 반 미화는
쉬는 시간만 되면
교정 장미 정원을 서성여서
장미 꽃물이 배어들었다
빨간 장미를 닮아
표정은 불그스레 곱고
하얀 장미도 닮아
마음은 순진무구하다
수학 시간은 고개를 절레절레 흔들지만
늘 넉넉하게 웃고 사는
우리 반 미화는
장미를 닮아서
참 예쁘다

우리 사는 세상

니들과 이야기를 나누다가
혹은 그냥 지나치는
눈빛만으로도
문득, 콧등이 찡하는
감동 하나 만날 때가 있다

그때, 내 안에서의 희열은
뭉클뭉클 샘솟는
꿈이며 희망이다
그때, 우리 사는 세상은
이슬 머금은 꽃망울이다

맑디맑은 니들을 보면서
눈물처럼 엉켜오는
격정이 있다는 건
아직 우리 사는 세상
살 만하다는 것일 게다

비 오는 날의 미술 시간

바람 불고
비 오는 날의 미술 시간엔
수채화를 그리자

가슴팍 깊은 곳에 꼬깃꼬깃 접어둔
빛바랜 모습들을 모두 꺼내어
환하게 덧칠도 하자

안개 그림 다 드리워진
그 그림 위엔
바람도 한 점 가로지르자

2부

달이
반달로 떴으면 좋겠습니다

구례오일장

산 내음도 강 내음도
흥건한 구례오일장
수북이 쌓인 산나물 좌판 위에
흐드러진 햇살 조각
인심도 녹녹하다
주름진 이마에
앞니 빠진 아주머니
나물 팔다 말고
우그러진 양은 주전자에
커피 물 끓이다가 웃는다
참 오랜만이다
저런 웃음 세상에 없다
불현듯 어머니가 그립다

어떤 깨달음

조각난 가슴 움켜잡고
찾아간 옥룡의 논실계곡
한여름 성근 가지 사이로
수줍게 다가오는 햇살이 뜨겁고
심연에 파고드는
계곡 물소리는
고요롭게 흐르는데
먼발치에서 불현듯 들려오는
육중한 음성
나지막이 산죽山竹 위에
떨고 있었다
— 텅 비워놓고 살거라
비워야 비로소 얻을 수 있는
가슴 벅찬 깨달음
넉넉한 품 백운산
아버님의 목소리

사모곡 1
−반달

어머니, 오늘은
달이 반달로 떴으면 좋겠습니다

아니, 날마다
달이 반달로 떴으면 좋겠습니다

반쪽은 천상에서 어머니께서 보시구요,
저는 지상에서 그 반쪽을 보려구요

사모곡 2
－모시 적삼

어머니
풀 먹인 모시옷
한 모금 물 머금고 뿜어
선연한 무지개 앉히고
다리미 숯불 벌겋게 달구어
생기 넣어주셨지요

무지개보다 더 선하게
숯불보다 더 뜨겁게 어머니가 그립습니다

가을 엽서

형님,
뒷마당 은행나무 밑
세워둔 빈 바지게에
이파리 질 때마다
피어오르는 진노랑 향기
대단합니다
발채 가득 채워지면
바지게 지고
형님에게로 가
이 우아한 가을 멋을
꼭 보여드릴게요

패랭이꽃

생전에
울 어머니 드나드시던
팔영산 능가사
마당 한쪽에
환한 미소 머금고
패랭이꽃이 피었다

독경 소리 듣다 말고
활짝 웃는 패랭이꽃
꽃대 마디마디
정성이 촘촘하고
화사한 꽃잎마다
사랑도 듬뿍하다

어린 시절 초파일에
한복 곱게 입으셨던

울 어머니 닮았다
꿈에라도
보고 싶은
울 어머니 닮았다

떨이

에말이요, 이것 좀 사씨요
떨이요, 떨이
여기다 쌈 싸 자시면
겁나게 맛나단 말이요

저물녘
아파트 입구
남새 늘어놓고
정情을 파시는 할머니

그걸 사 들고
터벅 걸음
집으로 가는 길
어머니가 그립다

한평생 몸 불사르며 사셨던 어머니

어쩌면 이제, 당신의 생을
떨이로 팔 날
기다리고 계시는지

찌그러진 재떨이

미술 시간에 만들었다며
우리 아이가
호박꽃 같은 웃음으로
똘똘 말아 건네준
뭉툭한
막사발

뜨거운 화로에
온몸을 비틀었나
노오란 흙 내음
온몸으로 토했나
보오얀 황톳빛으로
찌그러진 재떨이

털털하게 생겨서
너털웃음을 주는

범범凡凡한 그 녀석이
한없이 정겨운 것은
틀에 박힌 오늘을
벗어나고 싶음인가

어느새
깨물어도 안 아픈
내 다른 손가락을 물고
사심邪心 없는 몸뚱어리
어루만지며
하루를 맞는다

들꽃

고운 자태로
한여름 지내다가
늦가을
허허로운 들판
하얀 웃음
지천으로 토해내고
눈물 사르며
시들어가는 꽃
머금은 눈물이 시리다

가을 들길
맑은 영혼으로
야위어가는 모습
눈물 없이 아름다운 것이
어디 있으랴마는
웬 형벌이더냐

이제 숙면하려는
곱디고운 들꽃,
나의 누님아

교단 일기
– 어머니의 텃밭

무씨 뿌려놓은 텃밭
새순이 촘촘 자라 나오면
어머니는 약한 순을 솎아
밭고랑에 던지셨다
빈자리가 많아야
실한 법이라고

배추씨 뿌려놓은 밭도랑에선
모종이 무럭무럭 자라면
어머니는 튼실한 순을 솎아
두렁에 옮겨 심으셨다
잘난 놈이
속이 꽉 차는 법이라고

저 멀리 창밖으로
늘 푸르던 어머니의 텃밭이

아슴푸레 떠오르고
고랑 사이에 팽개쳐진
안타까운 측은惻隱들이
널려 있는 교실을
나는 오늘도 서성인다

하얀 민들레꽃

멧새 한 마리 솟구친 하늘에서
별이 몇 개 빠져 있는
계곡을 지나
지쳐 있는 한 사나이

돌층계에 앉아
차갑게 식어가던
사랑을 내려놓고
떠나며 머문 자리

조출한 그 자리에
파르르 떨고 있는
민들레꽃
그 숙연한 몸짓

수의를 걸친

나비 한 마리
아른아른
꽃 위에서 난다

내 안의 새

　도서실 창문 열어두었더니 바람에 까맣게 그을린 한 마리 새 들어와 있습니다 울음소리 맑아 녀석을 가둡니다 예사롭지 않은 몸부림 애잔한 마음에 다시 창문 열고 보내려 해도 도무지 길을 찾지 못하고 연신 유리창에 이마를 찧다가 선회하다가 책장 모서리에 앉았다가 어렵사리 내게로 들어옵니다 그렇게 투명하게 새를 내 가슴속에 가둔 후로는 파란 하늘 하얀 구름 한 장 사이로 감실대는 한 마리 새 푸르르푸르르 비상하는 꿈을 꾸곤 합니다 꿈을 꿀 때면 내 가슴이 콩닥콩닥 뜁니다 새가 가슴속에서 도리질하며 울어쌓는가 봅니다

보리피리

가냘픈 열정으로
모다온 노래
옹금옹금 퍼 담고

뭉클한 목 가다듬으며
애절한 눈빛
토해낸 연가

멧새 우지지는 저녁
온통 패이어만 가는
눈망울로

그대 내딛는
저승길에
보리피리

퇴근길

바람도 소슬하고
손끝도 식고
들꽃이 애절해지는 날은
샛길로 퇴근을 한다

바다 모퉁이가
불현듯 그리워지는 날도
그렇게
샛길로 퇴근을 한다

애틋한 풍경은
바닷바람에 무르익고
살아가는 일들은
물음표를 단 채
끝없는 질주를 한다

퇴근길 풍경들은
날마다 다르게
분신을 하고
나에게 손짓을 하지만
나는 늘상 그대로만 있다

비상 飛翔

운암산 능선 따라
해창만 너른 들까지
눈물 배어 하얀 억새꽃이
온몸으로 배웅하고
슬픔보다 노란
산국들은
상장喪章처럼 흔들리는
햇살 고운
가을날

하얀 댕기 두른
새 한 마리
푸른 선율을 그으며
하늘 너머로
유유히
날아간다

나의 작은 가슴을
혼곤히 젖게 하며
날아간다

3부

그대 없는 빈자리에
앉아 있었다

목련

목련 한 그루
중년의 여인으로 서 있다
뚝뚝 떨어지는 꽃잎
고개 숙여 그에게 안부 묻는다
어떻게 살아왔을까?
나도 한때 꽃 피운 적 있다
고고하게 꽃 피운 적 있다
자작자작 말을 삼키며
가만히 지는 꽃 만져보다
손끝으로 뭉클해지는 그리움
눈물 같은 큰 꽃잎
수묵화로 그리다가
수채화로도 그려보지만
도저히 그 막막을 그리지 못한다
가만가만 목메는 봄날이
그렇게 가고 있다

여툰 그리움

산사 모퉁이
돌계단에 앉아
오늘도 그대를 생각하였습니다

신록의 자태 앞에
여툰* 그리움이
백일홍 가지를 타고 피어올랐습니다

영롱하게 오르는
무성한 그리움의 빛은
이런 은밀한 고요에서 크나 봅니다

산사의 뜨락에 앉아
오늘도 그대를 지우는 일보다
그대를 생각하는 일이 더 행복하였습니다

* 여투다 : 아껴서 쓰고 그 나머지를 모아두다.

해바라기

꿍꿍 뛰는 가슴으로
그대에게 다가가
곁에 있으면
한나절 내내 했던
풋나무 한 짐같이
그대 어깨
무거울지 몰라
먼발치에서
아련한 눈빛으로
바라만 본다

고추잠자리

청잣빛 하늘 맴돌다
저녁놀에 붉게 데워진
고추잠자리
나는 뜰채 하나 어깨에 메고
당신을 잡으러 갑니다

애를 써가며
하늘을 쓸어보지만
곡예비행을 하며
우화등선羽化登仙의 날갯짓으로
내 곁을 스쳐 달아납니다

나의 잠자리채는
집요하게 당신을 향하지만
노상 허공에서 허탕만 치면서
도리어 내가 뒤뚱거리다가

포충망 그물 속에 갇히고 맙니다

당신은
배롱나무 붉은 꽃 가지에 앉아
한참 날개를 쉬고는
멀리 날아가고 맙니다
서녘 노을은 유난히도 붉습니다

다시 그 언덕에

처음 그 언덕에 섰을 때
나는 아무 말도 할 수가 없었다
다만 찔레가 빨갛게
익어갈 준비를 하고 있었다

설렌 가슴으로 다시 그 언덕에 서니
녹음 섞인 미소가 수줍은
하얀 찔레꽃 고봉高捧으로 피어서
그대 없는 빈자리에 앉아 있었다

저물도록 그 언덕에서
내가 할 수 있는 건
빈자리에 앉아보는 일, 그러다가
차마 다시 비워두는 일

저물녘

그 언덕에서 본 별 서넛이
꿈자리에까지 따라와
초롱초롱 빛을 내었다

두루미

바람이 삽상한
관기리 들녘 논배미에서
너와 나는
강과 하늘을 내려다보며
빈 가슴으로
마주했었다

잠깐 땅에 내려서는 것도
미안해서
맨발로 한쪽만 딛고 서는
너의 모습이
고고해서
나는 가슴을 부여잡곤 했었다

가슴 여민 속앓이
그리움이 사무치면

수화手話 같은 몸짓으로
나 홀로
관기리 들녘으로 가
너를 바라보곤 한다

이천리에서

이 세상 길이 끊긴
외진 포구 이천리에서
겨울로 가는 오솔길을 걸으며
그리운 사람을 불러본다

하얗게 지친 삐비꽃 사이로
그 사람 걸어 나오면
햇살 놀다 간 자리
봄풀 소소히 피어날 채비를 하겠다

바다에 기운 해를 건져 올리며
애절한 사랑 노래를 부른다
그리움이 밀물져 출렁이는
여자만 바다를 바라보면서

소야곡

가을바람 소소하게 불면
나 이제 강변에 나가
공복空腹으로 너를 보내리라
너를 보내고 나면
마른 풀잎 스치는 바람이
공허한 가슴을 뚫고 지나
서둘러 가을도 가고 말 테니
먼 산 넘어
겨울바람 불어오면
저녁 강변에 나가
네가 떠난 자리에서
상아의 노래를 부르리라

영취산 진달래

꽃을 보러 갔다가
꽃에게 반해
꽃이 되어버린
사람

깊숙이 스미는
분홍빛 그리움 머금어
연연娟娟한 모습
연연戀戀한 눈빛

그 꽃 옆에서
이미 꽃이 된 사람의 마음을
시詩로 읽다가 나는
방전되고 말았다

계족산 철쭉

적막조차 물러선 산속
소복담장을 하고
얼굴 붉히며
바람이 서 있는 자리에
네가 있다
수줍게 입술 떨며
미농지의 연서를
눈 감고 내밀며
나를 버려두고 간
너의 뒷모습이다
하얀 몸짓 가슴팍엔
연분홍 멍이 들었다

가을

소리 없이 피었다가
풀어 헤친 가슴을 여미고 있는
들꽃 좀 봐
절로 가슴이 메잖아

아야,
온몸으로 해탈하는
가을 한번 휘돌아봐
어디에나 가을 아닌 곳이 없잖아

너를
내 가슴에 들어앉히면
한바탕
휘감아 도는 회오리

눈 감아

바라볼 수밖에 없는
너의 그 바람도
내 가슴에 눈물처럼 머금어져

오랜 편지

편백나무에 기대어
당신의 편지를 읽습니다
행간에 한 줄기 바람 들어와 눕고
바람에 에워진 나무도
새들 불러와 들어앉힙니다

나무도 바람도 새들도
애절한 눈빛 애틋하고
편지 속 뽀얀 당신 얼굴을
나긋이 어루만지면
엷은 미소로 입술을 깨뭅니다

불어오는 바람에
흔들리는 건 나무가 아닙니다
아련한 사랑입니다
맑게 채워진 바람 소리는

당신의 가쁜 숨결입니다

젊음도 사랑도 기회도
오는 줄도 몰랐다가
갈 때 겨우 알아차리나 봐요
편지를 덮고 실루엣 된
그리운, 먼 시간 여행을 떠납니다

헤어지는 연습 1

1
뒷동산 울타리
자갈밭 산기슭에
하루 품삯을 호미질하는
그런 어머니라도
못 견디게 그리는
우리 반 경호

풀 한 포기,
바람 없는 하늘가 언덕에
손에 한 잔 술이 쥐어진
그런 아버지의 슬픈 미소라도
오래오래 보고 싶은
우리 반 경호

파란 하늘이 담긴

경호의 눈망울에
비가 내린다

2
비 내리는,
사립문 그 모퉁이 어귀엔
보릿대, 무더기 쓰러져
길게 울고

어지럽게 널려 있는
경호의 책상 위엔
가슴앓이
그 할아버지의 허탈마냥
이 세상 모든 슬픔이
돌아와 누워 있었다

3
어둠에 질식하고, 사랑에 굶주린,
웅어리진 가슴을 터트리듯
부풀다 지친
작은 꽃망울
우리 반 경호는
비 오는 날 저녁에
눈물 아닌 웃음으로
훌쩍 떠났다

들릴 듯 말 듯
다소곳이 울먹이는
경호의 목소리가
비가 되어 내리고 있는 오후
돌아오는 길엔
눈물 훔친 갈대가

모래 바닥에 엎디어
외로운 몸짓으로
울고 있었다

4
한 줌 햇살이 그리워
어둠을 몰아내는
아침이면
경호의 빈자리와
헤어지는 연습을 한다

헤어지는 연습 2

숨이 턱 막힐 것 같았다
그녀가 거기에 있는 것이다
수원지 호젓한 산길
하얗게 핀 개망초 사이에
싱그러운 형상을 하고

곤충 허물 벗듯, 그녀
영혼 한 벌 벗어두고 간
그 산을 오르면 지독한 열꽃
극심한 갈증에 시달리며
푸득한* 가슴앓이를 하게 된다

채밀採蜜하고 싶은 그리움 밀려오면
아편에 취한 듯
휘황한 그리움으로 봉인된
그 산을 오르지만

다시 깨닫게 되는 절애絶崖의 깊이

산정山頂에 서면
마음 비워야 할 자리
여기인 줄을 안다
떠나보내며 적멸하게
손 흔드는 법을 비로소 알게 된다

* 푸득하다 : 거칠게 문질러지거나 마주 갈리는 소리가 나다.

가슴에 구멍 하나

사람들은 가슴속에
작은 구멍을 하나 가지고 있어서
마음이 텅 빈 것 같고
외로운 게지요

흐뭇하고 넉넉하다가도
가슴에 작은 구멍이 뚫리면
가슴팍이
시리고 아려요

눈을 감아도
길을 걸어도
까슬까슬한 숨소리 새어 나오는
아, 쓰라린 나의 빈 가슴 구멍

4부

겨울밤은
어두운 응달이어서 좋다

지리산

여승처럼
애처롭게
산문에 들어서
오늘도
하늘 들어가는 길을 몰라
그루터기에 걸터앉아 고뇌하노라면
사랑과 아픔은 한 몸이라고
낮은 자세로
땅에 엎드려
하늘을 받들고 있는
그 산이 말해줍디다
그 넉넉한 품에서나 들을 수 있는
후덕한 위안이
또 어디 있을랍디요

연기암

세상에서
가장 고운 온화를 보려거든
화엄사의 원찰願刹
연기암에 들러보게
눈이 부시도록 은은하고
봄바람보다 더 훈훈한
미소가 거기 있데
문수보살의 모습에
짐짓 주눅이 들어
예를 갖추려 하지 말게
입을 다물고
바라보기만 하면 되네
그래도 마냥 가슴이 뛰거든
그냥 두 손 모으고
눈만 감으면 될 걸세
그런 다음 샘터로 가

신발 벗고 서서
손바닥에 이마를 세 번 맞대고
물 한 모금 마시고
굽이도는 섬진강을 내려다봐
가슴 한복판에서
온화로운 기운이 샘솟을 걸세

사성암

산으로 가는 길에서
잃어버린 모진 그리움
여린 가슴에 파고드는
풀 향기 따라
무중력의 공간을 가로질러
다다른 암자

독경 소리 업고
구름도 바람도
쉬어 가는
산정山頂에 서면
혈관을 타고 흐르는
아득한 갈증

산허리쯤에 걸려서
마음도 끊고 사는

일탈 몇 타래
섬진강 물가에 띄우고 보면
마침내
찬란한 어둠

장승같이
수척한 나를
다시 보듬고
돌아올 수밖에 없는
굽이도는
오산鰲山의 하산길

선암사에서

비켜 흐르는 물소리도
단풍 든 나무들 사이로
파고든 바람까지도
호젓하게 사운대는
선암사 가는 길

내를 건너
굽은 소나무 숲으로
두 손 모아 잡고
스미듯 사라지는
아득한 전생

불타佛陀의 옥음玉音
범종이 청아하게 울리자
순간,
내 평범했던 가슴에

별 하나 반짝인다

승선교 위에 서니
아, 그제야 나도 몰래
미루나무 한 그루
내 가슴속에
자라고 있음을 알았다

수도암

밤비에 젖던
그 산 너머
계곡

팽이로 도는 고개를
넘고 넘어
뭉클한 숨결

수도암 석간수
출렁출렁
향기롭고

석수石手의 망치 소리에
쪼아 먹는
영겁永劫

베옷 입은 두 손엔
묵주 알이
딩굴고

은은한 목탁 소리
산속의
메아리

동승童僧

세사世事에 남루는 다 벗어두고
먼 길 달려
손금 같은 신작로를 다시 더듬어
뻣살로 만난 암자에
한 움큼 목탁 소리
오래도록 떠 있는
계곡물 흐른 위로
어우러진 접시꽃
다 피어나면
풍진風塵에 시달릴까
수줍어 피어 있는
아리따운 그림자
눈물 같은 그 모습

산사의 여인

풀 향기에 흠뻑 젖은
호구산 용문사
앞마당에 핀
연꽃 한 송이 어루만지던 여인
전생에서나 본 듯한
소담스런 미소
가슴에 담은 말은
처마 끝 풍경에 매달아 두고
연緣줄에 휘감기는
오묘한 산사의 한낮
여인이여,
어느 별에서 왔느냐
먼 데서 바람 불어와
풍경을 흔들거든
너의 인연이
그리움에 사무쳐
몸부림하는 줄 알아라

탈출기

게걸스런 햇볕에
젖은 발을 말리던
농게 한 마리
콩꼬투리 터지는 소리에
깜짝 놀라 갯벌 위를
잰 옆걸음으로 내달린다
작은 구멍 잽싸게 들어가더니
두 눈만 빼꼼히 내밀다가
여무는 가을 하늘
내려앉는 노을을 보고
이내 맨홀 속으로
곤두박질한다

판도라의 새장

지리산 기슭에서 해가 저물자 나는 배롱나무 아래 작은 벤치에 앉아 새장을 열었다 은빛 트라이앵글로 홰를 놓은 새장에는 달랑 새 한 마리 트라이앵글을 꺼내 들자 작은 새는 트라이앵글 빈 삼각형 안으로 은빛 꼬리를 하고 어디론지 사라진다 새를 찾아 나선다 컴컴한 어둠뿐이다 눈을 감았다 다시 떠보아도 더욱더 커지는 어둠뿐이다 홀로 숲을 헤쳐 가는 보이지 않는 길, 먼 곳에서 길을 잃었다 밧줄이 엉성한 목교를 지난다 흔들리는 목교를 오들오들 건너다 넘어진다 난간에 부딪힌 트라이앵글 소리 적막을 깬다 맑고 은은한 은빛 소리에 멀겋게 동이 튼다 사라졌던 작은 새 공중을 맴돌다가 맴돌다가 트라이앵글 안의 빈 삼각형으로 다시 돌아온다 곧 내 주위를 선회하고 나뭇가지에 앉아 있다 트라이앵글에 짧게 입맞춤하자 여운의 소리 그치고 새는 다시 흔적 없다 새 떠난 횅한 자리 배롱나무에 진분홍 꽃망울이 맺혀 있다

수장 水葬

그는
장밋빛 푸른 5월 어느 날
내 뒤통수를 가격하여 실신시키고
발을 묶고 두 손도 묶고
재갈까지 물린다
신작로를 한나절 달려
한적한 바닷가에 멈춰
큰 돌멩이를 매달고는
깊은 곳을 골라
언뜻 보기엔 슬픈 표정으로
나를 던진다
바다 깊은 곳에서
나는 허리에 달린
무거운 추억을 하며
내 육신,
영혼까지 뜯어먹는

새끼 명태를 보았다
사는 동안 죄도 많고
여한도 많아
중력을 거스른
비쩍 마른 나는
사랑하듯 감추어둔
비린 냄새 조금 풍기면서
선술집 접시 위
노가리 한 마리로 누워 있다

나비

나비 한 마리 하얗게
들꽃에 앉았다
동네 꼬마 녀석이
죽질 잡고 놓아주지 않는다
행가래를 하다가
다시 날아갈까 봐
풀밭에 뉘고
작은 돌멩이를 올려놓는다
정신이 들었을 때 날개는
풀빛 퍼렇게 젖어 있었다
돌멩이를 들어내 주어도
슬픔의 무게에 눌려
날아갈 수가 없다
가을을 향해
날개 훠이훠이
저어가고 싶어도

날지 못하는 나는
붉게 지친
나비 한 마리

가정방문 1

엄마를 묻자,
애증이 한데 섞여
우려내는 눈물

손금을 타고 스며드는
시리고 그리운
아, 그 이름 엄마

무아無我의 외진 생에
자꾸만 흐르는 눈물 위로
늘 밟히는 엄마

눈물범벅 망막 위에
한 모금 피어나는
뭉게구름 한 장

가정방문 2

반나절 수업을 하고 바람 쐬러 마실을 가면 창공을 누비다 찬 공기에 기죽은 눈빛을 하고 소매 사이로 더듬더듬 파고들며 속살대는 봄바람 비밀스레 닫힌 대문 안으로 풀이 죽은 모습으로 비슬거리고 들어가는 너의 뒷모습이 애처로워 나는 까치발로 장승처럼 서서 하늘을 보았다 가난이 수북하게 쌓인 툇마루에서 거친 손 부여잡고 울 손주 잘 부탁한다고 연신 머리 조아리는 너희 할머니를 보며 투명하게 너를 가두고 유리창은 닦지도 않은 채 문고리를 꼭꼭 걸어 잠그고 그 안에서 팬터마임 연습만 왜 하는지를 이제야 알았다 모진 사랑이 더 많이 필요한 너희를 가슴에 안고 진한 슬픔 내려앉은 긴 논둑을 따라 돌아오는 길 숨이 차다

겨울밤

두리번거리며 걷는
도심의 거리에서
불심검문을 당하고
작은 골방에 감금되었다
온통 하얀 방
창문도 없고 출입문도 없다
낮은 천장에 걸려 있는
5촉짜리 희미한 알전등
그 아래에 나는 있다
한동안 그곳에 갇혀 지내다
마침내 탈출을 시도한다
작은 벌레 한 마리로
하얀 벽지 위를
흐물흐물 기어서
긴긴 겨울밤을

겨울의 밤은
어두운 응달이어서 좋다

가을 담쟁이

손끝에 온 힘을 모아
담벼락 단단히 움켜잡고는
아등바등 꿈만 좇아
중간 남짓 오르니
가슴팍에 빨간 정열
핏줄이 터져
온몸 붉게 멍들었다
돌아볼 겨를 없이
버둥대며 걸어온 길
굽이진 삶
아, 붉디붉은 어지러움

5부

사람이 그리운 날에
파랑주의보는 내린다

섬

부둣가 방파제
우럭 볼락 두어 마리 낚아두고
잔 기울이는 밤
먼바다 파도 소리
그칠 줄 모르는 바람 소리
파도에 흔들리는 섬
바람에 흔들리는 섬
취한 하늘
취한 바다
취한 섬

그 하늘과 바다 사이에
흥건한 몸으로 나도
섬이 되었다

바다 애가哀歌 1

당신,
슬픔을 맛보고 싶을 때
바다로 가봐
바다는 눈물 맛이 나

당신,
바다에 가면
왜 슬퍼지는 줄 아니?
바다가 슬픈 노랠 부르기 때문이야

슬픔이 없는 건 부끄러운 일인 것을
대충은 삶이 눈물인 것을
슬픔 또한 함초롬한 기쁨인 것을
바다는 알고 있대

당신, 돌아오는 길엔

슬픔은 두고 와야 해
바닷가에 사는 사람도
슬픈 노랠 들을 수 있게

바다 애가 2

지워도 지워도 되살아나
눈망울에 번지는 바다
이편과 저편에 아픔과 상처
치유되지 않은 절망의 빛깔
망연히 서서 여위어가는
팔을 뻗고
발을 구르며
느끼는 목마름

아, 그래도
얼마나 한 위로인가
나의 방 작은 창에
가슴앓이하는
바다가 보이는 건,
소리쳐 부를 수 있는
아득한 거리에
바다가 있다는 건

사도沙島에서

통통배
빗장 풀고 휘돌아
깔딱, 숨 고르니
아린 바람에 곤추선
소나무 그림자 길게 눕는
의연한 섬 사도

능선을 돌아
공룡 두어 마리
머물다 간 자리
큰 하늘 가슴으로 끌어안고
긴 밤 내내 사랑 멀미를 했는지
창백하고

젖샘바위는
보얗게 온 가슴 열어놓고

영혼의 노래처럼
어느 언저리쯤에서
흐르다 만 눈물을 안고
오늘도 수줍어하고 있다

한 무더기 들꽃은
밀려드는 해조음
웅크린 갯가에
가슴 가리고
천년 세월 기다리다가
노란 그리움으로 벙글고

수평선 한 뼘 자르고 떠난
작은 배
물거품 펄럭이는
침묵의 저편에서

나는 사색의 그물로
하얀 태고太古를 건지고 있다

폭풍주의보

세찬 바람
바다를 질주할 때
해초처럼
자신을 놓아둘 줄 아는
섬 하나

매운바람
바람벽을 파고들 때에도
슬픔처럼
홀로 잠들지 못하는
섬 하나

거기에 나는
장승처럼 남아서
신이 주신 퍼즐을
궁극스럽게
풀고 있다

풍랑주의보

밤마다 몸살을 하는 바다
포구에 몸 가누는 갈매기
유형지의 손수건 달고
나부끼는 선착장의 거룻배

바람 모아 뒤척이고
척력斥力으로 밀어내며
질긴 애원哀願 드리워진
지중해의 물빛

산다는 것은 언제나
연습이 아닌
자연의 계율
그 앞에 내가 산다

파랑주의보

고요 속으로 들어가
그리움을 삼킨 채
잠이 들었던 바다가
간밤
누가 또 외로움으로 뒤척였는지
몸부림을 한다

그리움이 넘치는 밤일수록
큰 바윗돌 하나
가슴 한복판에 매달아 놓다가도
하얀 구름이라도 들썩이면
지쳐버린 넋두리를 하는지
출렁거린다

늘 그렇듯이
바다는

사람이 그리운 날에
예언처럼
풍랑이 일고
파랑주의보는 내린다

초도분교장

삽상한 기운 맞대면
바닷길
햇빛 받아 반짝이고
이는 물결
밀어오다 지칠 때면
꿈틀이는 소망

쾌속선
길게 달려 닿는
먼바다 위
피안의 섬, 풀섬에
동화 같은 초당
초도분교장

그곳엔
엷브스름한 미소가

미역같이 싱싱한 아이들
꿈이 더욱 포릇포릇한
섬마을 아이들
일곱 명

섬마을 선생님

초등학교 김 선생
관사 앞을 다듬고
아담한 화단 만들며
울긋불긋 아롱질 꽃향기 그리다가
우두커니 서 있다
삽자루 세워두고, 소로*처럼
땀방울 흐르는 줄도 모르고

초등학교 김 선생
밭뙈기 일궈 가꿔
토마토 열린 개수 세다가
숨어 있는 하얀 벌레 발견하고
우두커니 앉아 있다
세던 수 접어두고, 어린아이처럼
선한 생각 물들어서 그런 줄도 모르고

초등학교 김 선생
옆에 살아 참 좋다
그의 작은 꽃길을 걸으면
내 몸에 화르르
꽃물이 든다
나는 온통
꽃범벅이 된다

* 19세기 미국의 시인. 자연과 함께하는 삶의 아름다움을 담은 『월든 : 숲속의 생활』이 대표작이다.

초도草島의 석양

대풍리 자갈밭 둥글게 돌아
바위산 언덕을 오르면
하얀 새들이 유영하는
작은 어귀
몰래 숨겨둔
동화의 나라

석머리
시린 가슴도
더워지는 그곳에 앉아
바람 넉넉해질 때면
하늘도 바다도 온통
붉은 수채화

첫 바다 앞에서 눈이 멀었던
기억들을 담은

그때의 빈 가슴에
온통 덧칠이 되어
한바탕 도발하는
벌건 열정

정강마을

고운 모래
가물가물
물보라 내리는
포근한 동네
삼산면 정강리

예닐곱 빈집들 속에
저녁연기
안개 되어 쌓이는
칠순 노인의
외로운 집

손자 돌보는 할머니
뭍에 보내두고
혼자서
사립 고치며 부르는

애절한 노랫가락

외로움 가득
소년을 닮은 노인의 눈망울
그리움도 파랗게 저리는
정강리엔
멧새 울음만 가득하다

와온의 일몰

작은 마당들이 모여 있는
와온마을
그 바닷가는
먹을 갈아도 다시 그릴 수 없는
그런 풍경이었네
불기둥 같은 사랑에
데워지는 물소리가 펑펑 들리고,
개펄에 펄럭이는 그리움과
처음 보는 물새 울음 위로
해가 지더군
찬란한 황금빛 정열이었어
아니, 뜨거운 사랑이었어
열정을 안고 구르는 삶
눈물겹도록 아름다웠어
누가 사랑이 진다고 하였을까
새로움을 향한 격정적인 몸놀림을,

살아가는 즐거움이
보석보다 더 찬란한 일이라고
깨우쳐 준 것은
오늘의 바다에 열정으로 피고 있는
한 덩이의 그 햇덩어리였네

퇴근길 바다

퇴근을 하다가
가끔은
국도 17호선을 튕겨져 나와
아직도 미련처럼
버리지 못한 바다를 안고
바다 앞에 선다

바다와 나는
애타게
서로만 바라보다가
바람이라도 불어
어느새 물안개에
촉촉이 젖고 나면

내 마음
바다의 품에 묻고

바다의 마음
내 품에 묻으며
마냥 쓸쓸하게
되돌아온다

순천만 1

늘 그리움의 힘으로
철새가 나는
순천만은 오늘도
은은하게 채색되는
한 폭의 유화

노을 물든 갯벌엔
눈 비비며 비상하는
그리움 한 무리
갈대 우거진 길에는
두 손 꼭 잡은
하얀 연인들

순천만에 가거든
가슴 풀어헤치고
나직한 목소리로

그리운 사람을
불러보아라

순천만 2

낙조落照에 물든
포근포근한 갯벌
저 머언 침묵
우리 그대로 두자
못내 서운하여
무어라도 하고 싶거든
시인이여,
저기 칠면초 펼쳐진 위에
쫄장게 발자국 닮은
말줄임표나
넉넉하게 찍어나 두자
너무 촘촘하게도 말고
서두르지도 말고
풋풋한 흑두루미
담상담상한 걸음으로

은은하고 깊은 그리움,
고전적 서정시의 존재론

유성호 문학평론가·한양대학교 국문과 교수

1. 그리움에 바탕을 둔 애잔한 서정성

전종주 시인이 등단 26년 만에 펴내는 첫 시집『혼자 너스레를 떨었거든』은 오랜 시간을 꼭꼭 눌러 담은 언어적 집성集成으로서 그 미학적 깊이와 너비가 남다르게 다가온다. 시인은 40년 가까운 세월을 교직에 종사하면서 "그동안/ 써 모아온 글들을/ 나만의 작은 섬에/ 차곡차곡 쌓아두었다가/ 첫 시집을 펴낸다"(「시인의 말」)라고 시집의 의미를 밝히고 있는데, 이러한 '차곡차곡'의 마음으로 우리에게 건네는 그의 전언이 따뜻하고 잔잔한 빛으로 전해져 온다. 전체적으로 보아 전종주의 시는 사라져 간 순간들에 대한 그리움에 바탕을 둔 애잔한 서정성을 중심으로 다양한 미학적 장場을 구성해 간다. 특별히 그 안에는 다채로운 소재와 어법이 자리하고 있으며 심층적 사유와 기억이 중층적으로 겹쳐 있어서, 우리는 서정시의 정체성을 견고하게 지키고 유연하게 확장해 가는 시인의 면모를 환하게 만나게 된다.

우리가 잘 알듯이, 훌륭한 서정시는 예리하고 개성적인 상상력을 통해 일상에 편재해 있는 불모성을 치유하고 새로운 신생 가능성을 꿈꾸게끔 해준다. 전종주 시인은 오랜 시간을 재현하면서 그 안에서 활달한 기억의 운동을 보여줌으로써 서정시가 생성의 활력과 가능성을 증언하는 양식임을 우리에게 들려준다. 우리는 이러한 사유와 감각이 그려내는 심미적 파문과 함께 아득한 존재의 근원으로 시인과 함께 흘러가게 된다. 또한 그러한 흐름 안에 상상력을 비끄러매어 고독한 삶을 견뎌갈 수 있게 될 것이다. 이처럼 전종주는 그리움으로 빛나는 순간을 아름답게 노래함으로써 실존적 고독을 한편으로는 끌어안고 한편으로는 넘어설 줄 아는 시인이다. 여기서는 그러한 심층적 사유와 고독이 건네는 하염없는 이야기와 함께 그 안에 깃들인 미학적 페이소스를 만나보도록 하자.

2. 인간과 자연 사이의 친연적인 관계론

전종주 시인은 사물과 내면의 접점에서 피워 올리는 정서적 밀도를 가장 먼저 생각하는 서정의 사제司祭이다. 그는 '꽃'이나 '나무'나 '새' 같은 자연 사물의 외관과 속성에 대하여 노래하는 경우가 많은데, 아닌 게 아니라 시인은 그들이 피어나고 이울어간 시간을 따라 인생의 신생과 소멸 과정을 하나하나 은유해 가고 있다. 자연 사물을 향한 이러한 기억들이 전종주 첫 시집 곳곳에서 섬광을 발하고 있는 것이다. 이처럼 시인은 자연에 대한 남다른 기억을 통해 그것들로부터 삶의 의미를 유추해 내는 적공積功을 일관되게 보여줌으로써 인간과 자연이 근원적 관계를 맺고 있다는 것을 증명해 간다. 그 점에서 인간과 자연 사이의 친연적인 관계론을 지속적으로 보여주는 그의 시는 심미적 관찰과 기억을 핵심 방법론으로 삼고 있다 할 것이다. 다음 작품을 먼저 읽어보도록 하자.

엊그제
뒤뜰의 왕벚나무
꽃잎이 하롱하롱 지더라고

연약한 바람에도
견디지 못하고
황망히 부서지는 꽃잎을 보고
사는 게 부질없는 것이라고
혼자 너스레를 떨었거든
그런디
오늘 아침에 보니
시리도록 파란
나뭇잎 사이로
터질 것만 같은
붉은 가슴을 하고
어느새
버찌가 달려 있는 거여
허허, 참
　-「너스레」 전문

　　시집 제목이 숨겨져 있는 이 시편은 "엊그제/ 뒤뜰의 왕
벚나무"가 바람을 이기지 못하고 꽃잎을 하롱하롱 떨어
뜨릴 때 시인이 "황망히 부서지는 꽃잎"을 바라보는 데서
시작된다. 시인은 떨어지는 꽃잎에 사람살이의 부질없음
과 덧없음을 은유하면서 "혼자 너스레를 떨었거든" 하고

고백한다. 이어서 "그런디"라는 살가운 전환의 부사를 통해 시상詩想을 바꾸어가는데, 시인은 오늘 아침 "시리도록 파란/ 나뭇잎" 사이로 피어난 "터질 것만 같은/ 붉은 가슴"의 버찌를 바라본 것이다. "허허, 참" 하는 감탄사들이 '엊그제/오늘'의 시간을 따라 펼쳐진 '낙화落花/결실結實'의 원리를 잘 보여준다. 엊그제는 졌지만 오늘 새삼 피어나는 자연의 모습을 따라 시인은 텅 비어 있는 삶을 일반화했던 '너스레'를 지나 소담스러운 열매를 맺어가는 아름다운 생명의 원리를 전해준다. 그렇게 전환해 가는 곡진한 깨달음을 산뜻한 화폭으로 옮겨놓은 것이다. 이 또한 "먹을 갈아도 다시 그릴 수 없는/ 그런 풍경"(「와온의 일몰」)이 아니겠는가. 다음은 어떠한가.

운암산 능선 따라
해창만 너른 들까지
눈물 배어 하얀 억새꽃이
온몸으로 배웅하고
슬픔보다 노란
산국들은
상장喪章처럼 흔들리는
햇살 고운

가을날

하얀 댕기 두른
새 한 마리
푸른 선율을 그으며
하늘 너머로
유유히
날아간다
나의 작은 가슴을
혼곤히 젖게 하며
날아간다
　－「비상飛翔」 전문

　　새 한 마리의 홀연한 비상을 순간적으로 포착하여 표현
한 이 깔끔한 풍경첩에서 우리는 그가 자연 생명들을 관
찰하고 그것의 아름다움과 근원적 의미망을 표현해 가는
시인임을 알게 된다. 그는 햇살 고운 가을날, 고향에 있는
"운암산 능선"과 "해창만 너른 들"을 따라가면서 그곳에
서 눈물로 온몸을 흔들어 배웅하는 "하얀 억새꽃"과 상장
처럼 흔들리는 "노란/ 산국들"을 바라본다. 바로 그 순간
"하얀 댕기 두른/ 새 한 마리"가 날아간다. 이때 "하늘 너

머"로 유유하게 이동해 가는 새 한 마리는 상장처럼 드리워져 있던 시인의 마음속에 새로운 "푸른 선율"을 그려준다. 시인은 날아가는 새를 향해 "너를/ 내 가슴에 들어앉히면/ 한바탕/ 휘감아 도는 회오리"(「가을」)를 느끼게 된다고 노래하는 것만 같다. 마치 "은은하게 채색되는/ 한 폭의 유화"(「순천만 1」)처럼 혼곤한 마음을 남기면서 비상해 가는 새의 모습에서 우리는 '시인 전종주'의 마음이 거느린 깊이를 서늘하게 예감하게 된다.

이처럼 전종주 시인은 자신의 주위에서 친숙하게 볼 수 있는 생명체들을 통해 아름다운 서정시를 써간다. 원래 자연 사물은 옛 가요로부터 현대시에 이르기까지 시인들에 의해 보편적 소재로 늘 채택되어 왔다. 그것들은 생명의 원형성이나 경험적 직접성을 거느리면서 시인들의 경험 속에 광범위하게 녹아 있었던 것이다. 물론 사랑의 마음, 신성의 관념, 풍경의 심미성 등 여러 작법作法이 있었겠지만, 그 어느 것도 자연의 신성성을 거부한 사례는 아니었을 것이다. 전종주 시집에서 자연 형상은 이처럼 그 맥락이 퍽 깊고 넓게 변용되어 나타나고 있는데, 그 가운데 '나무'나 '꽃'이나 '새'는 그의 시를 가능하게 해주는 뚜렷한 기둥이 아닐 수 없다. 그것들은 신성神聖을 닮은 속성으로 인해 높은 정신적 지경地境을 은유하는 사물로 거듭

쓰이고 있고 전종주 시의 남다른 서정적 개진 양상을 뚜렷이 보여주는 것이다. 우리는 이러한 인간과 자연 사이의 친연적인 관계론을 통해 전종주 시학의 발원지를 선명하게 알아가게 된다.

3. 존재론적 기원에 대한 선연한 기억들

전종주의 시를 가능하게 하는 또 다른 발원지는 그의 존재론적 기원origin에 있다. 말할 것도 없이, 서정시는 지난 시간에 대한 경험을 기억하고 재구성하는 양식적 특성을 띤다. 그만큼 서정시는 다양한 기억의 양상을 다루면서 우리로 하여금 삶의 원리를 따라 원초적 질서에 대한 상상적 경험을 치르게끔 해준다. 스케일이 큰 우주적 상상력으로부터 소소하고 미세한 사물들의 움직임에 이르는 다양한 경험을 담음으로써 이러한 원리를 충족해 가는 것이다. 우리는 이번 시집에 실린 전종주의 시를 통해 그러한 질서와 원리가 잘 갈무리된 순간들을 만남으로써, 해체 지향의 시대를 살아가면서도 잘 짜인 고전적 감각을 경험하게 되고, 인간의 원초적이고 미분화된 정서와 통합적 삶의 이법理法을 궁구할 수 있게 된다. 자신만의 존재론

적 기원에 대한 깊은 기억을 통해 시인이 지어가는 상상
적 집 한 채를 만나보자.

어머니, 오늘은
달이 반달로 떴으면 좋겠습니다

아니, 날마다
달이 반달로 떴으면 좋겠습니다

반쪽은 천상에서 어머니께서 보시구요,
저는 지상에서 그 반쪽을 보려구요
　－「사모곡 1 – 반달」 전문

　'사모곡'은 인류의 가장 보편적이고 고전적인 주제이
자 지향일 것이다. 지금은 계시지 않지만 아직도 지극한
모성母性으로 남아 계시는 분에 대한 그리움을 가지고 있
지 않은 이들이 어디 있겠는가. 그렇게 전종주 시인은 '어
머니'를 부르면서 자신의 가없는 그리움을 노래하고 있
다. 어머니는 시인에게 '달'의 형상과 함께 다가오시는데,
시인은 '오늘'은 물론 '날마다' 하늘에 '반달'이 떴으면 하
는 바람을 토로한다. '반쪽'은 천상에서 어머니께서 보시

고 나머지 '반쪽'은 지상에서 자신이 보고자 함이다. 이렇게 '천상天上'과 '지상地上'의 대비 속에서 어머니의 빈 곳을 완성해 가는 시인의 사모곡은 "무지개보다 더 선하게/숯불보다 더 뜨겁게 어머니가 그립습니다"(「사모곡 2 - 모시 적삼」)라는 애잔함으로 이어져 간다. "한평생 몸 불사르며 사셨던 어머니"(「떨이」)에 대한 선연한 기억과 흠모가 이번 시집의 또렷한 음역音域을 보여주는 셈이다.

무씨 뿌려놓은 텃밭
새순이 촘촘 자라 나오면
어머니는 약한 순을 솎아
밭고랑에 던지셨다
빈자리가 많아야
실한 법이라고

배추씨 뿌려놓은 밭도랑에선
모종이 무럭무럭 자라면
어머니는 튼실한 순을 솎아
두렁에 옮겨 심으셨다
잘난 놈이
속이 꽉 차는 법이라고

저 멀리 창밖으로
늘 푸르던 어머니의 텃밭이
아슴푸레 떠오르고
고랑 사이에 팽개쳐진
안타까운 측은惻隱들이
널려 있는 교실을
나는 오늘도 서성인다
－「교단 일기 – 어머니의 텃밭」 전문

    이번에는 '어머니의 텃밭'이다. 일생을 교직에 종사했던 시인은 '교단 일기'라는 제목의 이 시편에서 어머니께서 텃밭을 가꾸셨듯이 자신도 교실에서 학생들을 가르쳤던 기억을 떠올린다. '텃밭＝교실'의 상징적 등식은 생육 grow과 교육educate이 만나는 지점일 것이다. 언젠가 어머니는 "무씨 뿌려놓은 텃밭"에서 새순이 자라 나올 때 약한 순은 솎아내면서 "빈자리가 많아야/ 실한 법이라고" 말씀하셨다. 그리고 "배추씨 뿌려놓은 밭도랑"에서 모종이 자랄 때 튼실한 순을 솎아내면서는 "잘난 놈이/ 속이 꽉 차는 법"이라고 그 생생한 지혜를 건네셨다. 그런데 시인은 "저 멀리 창밖으로/ 늘 푸르던 어머니의 텃밭"을 떠올리면서 "고랑 사이에 팽개쳐진/ 안타까운 측은들이/ 널려 있는 교실"을 서성일 뿐이다. 어머니에 대한 한없는 그리움과 교사로서의 한없는 부끄러움과 연민이 교차하는 순간인 셈이다. 그렇게 어머니는 "그 넉넉한 품에서나 들을 수 있는/ 후덕한 위안"(「지리산」)으로 시인의 마음속에 남아 계신다. 모두 그만의 존재론적 기원이 그에게 건네는 삶의 에너지요 그리움의 몫일 것이다.

원래 그리움이란 과거의 대상이나 순간을 향하는 것이지만, 시인은 현재적 삶을 지탱하면서 이끌어가는 어떤 심연이자 원형으로 자신만의 그리움을 펼쳐간다. 시인의 기억은 살아온 날들에 대한 회감回感이자 살아갈 날들의 근원적 다짐으로 작동하게 되는 것이다. 이때 전종주 시인의 격조는 자아와 타자, 삶과 죽음, 신생과 소멸, 만남과 이별의 경계를 가르고 통합함으로써 서정시가 건네는 그리움의 미학을 한 차원 높게 완성해 가는데 이번 시집은 이러한 실물적 사례가 충분히 되어줄 수 있을 것이다. 이렇듯 우리로 하여금 삶의 궁극적 가치인 위안과 치유를 경험하게끔 해주는 그의 시는 존재론적 기원에 대한 선연한 기억들로 아름답게 번져가고 있다 할 것이다.

4. 설움과 연민과 그리움의 '교실'

　모든 기억은 일차적으로는 지난날에 대한 서정적 인화
印畵 형식으로 나타나지만, 동시에 그때의 순간성을 현재
의 관점에서 재구성하고 항구화하는 배타적 원리로 현상
하기도 한다. 전종주의 시에서 이러한 기억은 여러 구체
적 계열체들을 거느리고 있고 견고한 서사적 얼개를 형성
하고 있다. 그 점에서 시인은 자신의 시가 시간적 흐름을
재현하고 경험하는 '기억의 예술'임을 재차 증명해 간다.
그래서 전종주 시의 저류底流에는 그가 오랫동안 겪어온
절실한 경험 가운데 가장 뿌리 깊은 기억의 층이 녹아 있
게 되고, 타자들과의 관계를 통한 스스로의 탐구 과정이
깊이 담겨 있게 된다. 이처럼 그는 자신이 살아온 시간에
대한 깊은 성찰을 통해 보편적 삶의 이치를 노래하는 전
형적인 서정시인인 셈이다. 다시 말해 시간에 대한 예술
적 경험으로서의 기억이 그의 서정시를 떠받치는 호환할
수 없는 미학적 형질인 셈이다. 그 가운데 그의 기억이 향
하는 또 다른 심연은 '학교' 혹은 '교실'일 것이다. 이 땅의
모든 교사들이 느낄 법한 설움과 연민과 그리움이 거기에
흐르고 있다.

우리는 공부하고 있어요
꽃보다 더운 피가
펑펑 도는 가슴
그 내력의 꽃만큼이나
뜨거운 숨결을 내쉬며
우리는 책을 보고 있어요
공부하고 있어요
그래도
희끗 터진 살 사이로
죽어 있는 이야기의 속살을
우리는 알고 있어요
또렷또렷 빛나는
우리의 유리알 같은 사랑이
돌아옴도 마침표도 없는
아, 슬픔으로 죽어 있어요
꽃의 심장이 활활 타오르고
붉은 선지피를 내뿜으며
지금 우리는 살아가고 있어요
사라지고 있어요
우리는, 지금
공부하고 있어요

－「야간자율학습」 전문

'야간자율학습'의 풍경은 분명 학생들이 야간에 남아 공부하는 시간을 담고 있지만, 상상적 화자로 설정된 학생들은 "꽃보다 더운 피가/ 핑핑 도는 가슴"으로 "그 내력의 꽃만큼" 뜨거운 숨결을 내쉬는 모습으로 재현된다. 제한된 공간에서 책을 보고 공부를 하지만 어느새 "희끗 터진 살 사이로/ 죽어 있는 이야기의 속살"까지 알아버린 그들은 "또렷또렷 빛나는/ 우리의 유리알 같은 사랑"이 슬픔으로 죽어가는 순간을 상상하기도 하고, "꽃의 심장"이 활활 타오르면서 선지피를 내뿜는 순간을 그리기도 한다. 살아가고 있으면서 사라지고 있는 "우리는, 지금"의 순간이야말로 한편으로는 그들의 '공부'를 한편으로는 그들의 '슬픔'을 보여준다. 그렇게 시인은 교실에서 "울긋불긋 아롱질 꽃향기 그리다가"(「섬마을 선생님」) 새삼 "깨닫게 되는 절애絶崖의 깊이"(「헤어지는 연습 2」)를 우리에게 들려준다. 그 교실의 슬픔을 넘어, 사라짐을 넘어, 상처 속에 새살 돋듯, '교사 전종주'의 설움과 연민과 그리움이 흘러가고 있는 것이다.

바람도 소슬하고

손끝도 식고
들꽃이 애절해지는 날은
샛길로 퇴근을 한다

바다 모퉁이가
불현듯 그리워지는 날도
그렇게
샛길로 퇴근을 한다

애틋한 풍경은
바닷바람에 무르익고
살아가는 일들은
물음표를 단 채
끝없는 질주를 한다

퇴근길 풍경들은
날마다 다르게
분신을 하고
나에게 손짓을 하지만
나는 늘상 그대로만 있다
　－「퇴근길」전문

이제 교실을 떠나 퇴근길에 접어든 시인은 날마다 다르게 바뀌어가는 퇴근길과 늘 그대로만 있는 자신의 내면을 대조적으로 그려간다. 들꽃이 애절해지고 바다 모퉁이라도 그리워지면 시인은 언제나 샛길로 퇴근을 하곤 하는데, 어느새 풍경은 바닷바람에 무르익고 삶은 그 풍경을 따라 '물음표'를 단 채 질주해 간다. 그렇게 무한한 가능성으로 분신하는 풍경이야말로 가슴 가득 자연의 근원적인 언어를 건네는 스승으로 다가오지 않는가. 그때 시인은 "몰래/ 미루나무 한 그루/ 내 가슴속에/ 자라고 있음"(「선암사에서」)을 느끼고 "사람이 그리운 날에/ 예언처럼/ 풍랑이 일고"(「파랑주의보」) 있음도 느끼게 된다. "내 마음/ 바다의 품에 묻고/ 바다의 마음/ 내 품에 묻으며"(「퇴근길 바다」) 달려온 오랜 세월을 통해 "눈이 부시도록 은은하고/ 봄바람보다 더 훈훈한/ 미소"(「연기암」)를 맞아들이고 있는 것이다.

　이처럼 전종주 시인은 시간의 풍화를 겪으면서 사라져 간 순간들이 남긴 흔적에 대한 예민한 감각과 사유를 우리에게 펼쳐 보여준다. 그것이 자연 사물이든, 어떤 내면의 기억이든, 아니면 자신의 실제 상황이든, 시인은 사라져 간 시간의 흔적을 통해 삶과 죽음 그리고 신생과 소멸의 불가분리성을 찾아내고 노래한다. 그에게 소멸이란 삶이 끝난 데서 이루어지는 것이 아니라 삶과 한 몸의 결속체를 이룰 때 비로소 다가오는 현상이며, 신생이 멈춘 상태에서 시작되는 것이 아니라 그들 서로가 상대를 필요로 하는 관계일 때 시작되어 가기 때문이다. 이 모든 것이 오랫동안 '교사'로 살아왔던 시인이 설움과 연민과 그리움의 교실 안팎에서 온몸으로 느껴가는 삶의 역리逆理일 것이다.

5. 성과 속이 일체가 되는 순간

앞에서도 강조하였듯이, 전종주의 시는 그 자체로 사라져 간 순간들에 대한 그리움의 현장으로 펼쳐져 있다. 그곳에는 거룩하고 신성한 세계와 함께 가장 인간적인 설움의 미학이 흐르고 있는데, 이때 그가 써가는 서정시는 지상의 원리에 충실하면서도 한편에서는 초월과 비상의 꿈을 잃지 않는 모습을 보여준다. 유한자有限者로서의 한계를 벗어나 오감에 포착되지 않는 근원적 실재를 찾아 나서는 초월과 모험의 순간이야말로 새로운 삶의 원리를 발견하려는 그의 지향을 담고 있기 때문이다. 이처럼 전종주의 첫 시집은 이러한 서정시의 본래적 기능을 견지하면서 우리로 하여금 어떤 근원적 실재를 유추하게끔 하는 웅숭깊은 화폭이 아닐 수 없다. 나아가 시인은 이번 시집에서 시공간의 심층을 활달하게 가로지르면서 넓은 시적 편폭을 보여주는데 우리는 시인의 품이 더욱 심원하고 보편적인 세계로 나아가는 심미적 진경進境을 밝은 눈으로 바라보게 된다. 그야말로 성속일여聖俗一如이자 비승비속非僧非俗의 경지가 그의 밝은 눈을 따라 펼쳐져 간다.

밤비에 젖던
그 산 너머
계곡

팽이로 도는 고개를
넘고 넘어
뭉클한 숨결

수도암 석간수
출렁출렁
향기롭고

석수石手의 망치 소리에
쪼아 먹는
영겁永劫

베옷 입은 두 손엔
묵주 알이
뒹굴고

은은한 목탁 소리
산속의
메아리
　－「수도암」전문

　수도암에 도착한 시인은 거기에서 들려오는 "은은한 목
탁 소리/ 산속의/ 메아리"를 듣고 있다. 밤비에 젖던 산의
계곡을 지나 고개를 넘어 "뭉클한 숨결"에 가닿은 것이다.
그렇게 "수도암 석간수"가 향기롭게 출렁이고 있고 "석수
의 망치 소리에/ 쪼아 먹는/ 영겁"의 차원이 시인을 감싸
고 있는 풍경이 펼쳐진다. 나아가 베옷 입은 두 손에 들린
묵주 알이 그러한 풍경을 돕고 있는 것이다. 더불어 시인
은 '석간수'와 '석수'에서 각각 '물'과 '돌'의 심상을 불러

와 이곳을 한편으로는 유유히 흘러가는 상선약수上善若水
의 도량으로 한편으로는 견고하게 굳고 정한 성소聖所로
거듭나게끔 하고 있다. "그냥 지나치는/ 눈빛만으로도/
문득, 콧등이 찡하는/ 감동 하나"(「우리 사는 세상」)를 몸으
로 안으면서 신성한 처소가 건네주는 "맑고 은은한 은빛
소리"(「판도라의 새장」)를 귀 기울여 듣고 있는 것이다.

산 내음도 강 내음도
흥건한 구례오일장
수북이 쌓인 산나물 좌판 위에
흐드러진 햇살 조각
인심도 녹녹하다
주름진 이마에
앞니 빠진 아주머니
나물 팔다 말고
우그러진 양은 주전자에
커피 물 끓이다가 웃는다
참 오랜만이다
저런 웃음 세상에 없다
불현듯 어머니가 그립다
　―「구례오일장」 전문

그렇게 성스러운 곳을 묵언默言으로 발견한 시인은 이제 '구례오일장'이라는 살가운 삶의 현장으로 시선을 옮긴다. 아마도 그곳에는 "온통 피어오른/ 그 수줍음"(「홍시를 보며」)도 있고, "사색의 그물로/ 하얀 태고太古를 건지고"(「사도沙島에서」) 있는 표정도 있고, "그리움도 파랗게 저리는"(「정강마을」) 순간들도 있을 것이다. 시인은 "산 내음도 강 내음도/ 흥건한 구례오일장"에서 수북하게 쌓인 산나물과 햇살과 인심을 발견한다. 나물 팔다 말고 웃는 "주름진 이마에/ 앞니 빠진 아주머니"의 웃음이야말로 시인에게 "저런 웃음 세상에 없다"는 발견과 "불현듯 어머니가 그립다"는 애틋함을 동시에 선사한다. "눈물 없이 아름다운 것이/ 어디 있으랴마는"(「들꽃」) 이러한 '웃음/눈물'의 동시적 결합이 전종주 시에는 참으로 가득하다. 저런 웃음 세상에 없듯이, 그러한 풍경을 시 속에 담아내는 시인의 마음도 그 순간 세상에 없는 것이 될 것이다.

전종주 시인은 이번 시집에서 이러한 웃음과 눈물이 길항하는 내적 싸움을 감당해 가는 영혼의 고투 과정을 하나하나 기록해 간다. 거기에는 우리 시대의 원리가 이성이나 관행에 의해 관철되고 있다는 데 대한 근원적 부정과 함께, 이성이나 관행이 그어놓은 표지標識들에 대한 새로운 서정적 재구축의 열정이 담겨 있다. 물론 이러한 정신은 실험적 전위들이 가지는 모험 정신과는 거리가 먼 것이다. 오히려 그것은 상실한 서정시의 위의威儀를 되찾으려 하는 고전적 열망과 관련되는 것이기 때문이다. 전종주의 시가 지닌 열정의 핵심은 이처럼 고전적 그리움과 연민과 사랑에 있다. 그 안에 성과 속이 일체가 되는 순간이 있고, 근원적 실재를 유추하게끔 하는 웅숭깊은 화폭이 펼쳐져 있는 것이다.

6. 오랜 기억으로부터의 탈주와 귀환의 긴장

지금까지 우리가 읽어왔듯이, 전종주의 첫 시집 『혼자 너스레를 떨었거든』은 삶의 가장 깊은 수원水源에서 길어 올린 오랜 기억의 고백록이자, 시인 자신의 내면 깊은 곳에서 올올이 풀어낸 순연한 마음의 일지日誌이다. 그 풍경과 고백에는 자연 사물에 대한 놀라운 발견의 순간이 있고, 삶의 존재론적 기원을 향한 투명하고 애잔하고 순정한 회상도 있고, 시간의 결을 매만지면서 번져갔던 숱한 삶의 상처에 대한 아픈 성찰과 반추도 있다. 하지만 이 모든 것이 감상感傷 과잉이나 어설픈 커밍아웃 차원에서 멀

찍이 벗어나 삶의 보편적 이법에 가닿고 있는 것이 어쩌면 전종주 시집의 가장 높은 격이자 넓은 품이라고 할 수 있을 것이다. 그만큼 그는 삶에 대한 절절한 고백이라는 서정시의 기율을 충족하면서도, 흐트러지지 않는 자신만의 인간적 기품을 통해 서정시의 견고한 위의를 세워가고 있다. 첫 시집이지만 오히려 원숙하고도 격조 있는 언어와 문채文彩, figure가 반짝이는 것이 그만의 고유한 매혹이요 의미가 아닐까 생각해 본다. 그렇게 그의 첫 시집은 세상 표면에서 역동적으로 펼쳐지는 부박한 속도전을 넘어, 저물녘의 신비로운 아름다움을 들려주면서 삶과 사물에서 발견하는 경이로운 이법으로 현상되고 있다 할 것이다.

생각해 보면 시인들의 첫 시집은 어느 의미에서는 일종의 서사 시집이다. 시인들은 자신의 성장과 관련한 이야기들을 첫 시집에 서사적으로 갈무리하게 마련이니까 말이다. 그러면서 모두 자신의 지난날과 결별의 상징적 제의를 치러가지 않겠는가. 따라서 첫 시집은 대개 서정 양식으로 일관되게 구성되어 있더라도 그 안에는 유년으로부터 젊은 날에 이르기까지의 기억과 상처가 반영되며, 자연스럽게 일정한 서사적 속성을 거느리게 되는 것이다. 하지만 전종주의 첫 시집은 이러한 속성과 기율을 한껏 충족하면서도 '자연'과 '교실'에 각인된 자신의 오랜 기억

162

과 그것으로부터 탈주와 귀환을 거듭하는 긴장을 풍요롭게 담아낸 성숙한 결실로 다가온다. 그 이야기들이 어디서 유래하였는지, 그의 기원이 궁극적으로 어디를 지향하는지를 선명하고도 풍부하게 들려주었기 때문이다.

의미론적 불투명성을 띠면서 해석의 코드조차 찾기 어려운, 조악한 형상과 어법으로 무장한 난해 시편들이 범람하는 우리 시대에, 언어예술로서의 엄정함과 고전적 통찰을 담아내면서도 의미의 투명성과 풍부한 정서적 울림을 동시에 주는 시, 소통 가능성과 미학적 완결성을 동시에 꾀하여 그만큼 복합적 기억을 낳아가는 시, 전통을 이으면서도 동시대의 담론적 감각을 결합하고 있는 서정시를 써간 시인에게 축하와 경의를 드린다. 이 모든 것이, 우리가 은은하고 깊은 그리움을 통해 고전적 서정시의 존재론을 증명해 준 전종주의 시편을 반기면서, 한편으로 다음 시집도 마음 깊이 기대해 마지않는 소이연所以然이 아닐까 한다.